Jay and Juhi's Peacock Adventure
जय, जूही और मोर की कहानी
Jay, Juhi aur mor
kee kahaanee

For our parents who lovingly support our adventures.

When you go on an adventure prepare for the unexpected. You never know what you may find or what may find you! Jay and Juhi know this well. They are master adventurers, but they have their share of surprises. During this particular adventure they learn about a very special and majestic bird! Listen closely, this is an adventure you won't want to miss.

जय और जूही बहुत ही बहादुर बच्चे थे। नई—नई खोज करते समय अनजानी घटनाओं का अचानक सामना करना पड़ सकता हैए यह बात वे खूब जानते थे। लेकिन उन्हें मालूम न था कि वे भी अचानक अचरज में पड़ सकते हैं। इस आश्चर्यजनक खोज में उन्हें एक विशेष राजसी पक्षी के बारे में जानकारी मिलने वाली हैए इस लिए ज़रा ध्यान से सुनो। ऐसा न हो कि तुम इस अनोखी कहानी को सुनने से रह जाओ।

Jay aur Juhi bahuth hee bahaadur bacche thhe. Nayi nayi khoj karthe samay anjanee ghatnaon kaa achaanak saamana karanaa pad saktha hai, yaha baath ve khoob janthe thhe. Lekin unhe(n) maaloom na thhaa ki ve bhee achaanak acharaj mein pad sakathe hain. Is aashcharayjanak khoj mein unhe ek vishesh raajsee pakshee ke bare men jankaari milne vaalee hai, is liye zaraa dhyaan se suno! Aisa naa ho ki thum is anokhee kahaanee ko sunane se rah jaao.

Jay and Juhi were enjoying a wonderful snack from their mom when their neighbor, Emily, arrived with a surprise. Emily had a parrot on her shoulder.
"Wow!" said Jay. "When did you get that?" "This morning," said Emily. "Harvey is a Birthday present from my mom and dad." "Mommy," said Juhi, "can we get a parrot too?"

"We will think about it," said Mommy, "there are many kinds of birds that people keep as pets. Before getting a pet we must think about what pet is right for our family."

जय और जूही खाने की मेज़ पर अपनी माँ का बनाया हुआ स्वादिष्ट नाश्ता खा रहे थे। तभी उनकी पड़ोसन एमिली आयी, जिसके कंधे पर एक तोता बैठा था। उसे देखकर वे अचरज में पड़ गए। जय खुशी से बोला, "अरे वाह! यह तुम्हें कब मिला?" एमिली बोली, "इससे मिलो, इसका नाम हारवे है। आज सुबह इसे मेरे माता–पिता ने मुझे उपहार में दिया है।" जूही बोली, "मम्मी, क्या तुम हम दोनों के लिए भी ऐसा एक तोता ला सकती हो?"

मम्मी बोली, "बच्चों, लोग तरह–तरह की चिड़ियाँ पालते ह, परन्तु हम सब को मिलकर सोचना चाहिए कि हमारे परिवार के लिए कौन सी चिड़िया ठीक रहेगी?"

Jay aur Juhi khaane kee mez par apanee maa kaa banaaya huaa svaadisht naashthaa khaa rahe thhe. Thabhee unakee padosan Emily aaye, jiske kandhe par ek thothaa beThaa thhaa. Use dekhkar ve acharaj men pad gaye. Jay khushee se bola, " Are vaah! Yaha tumhe kab milaa?" Emily bolee, "Is se milo, is kaa naam Harvey hai. Aaj subha ise mere matha-pitha ne mujhe upahaar men diyaa hai." Juhi bolee, "Mummy, kyaa thum hum dono ke liye bhee aisa ek thotha laa sakthee ho?"

Mummy bolee, "Bacchon, log tharh tharh kee chidiya palthe hain, paranthu hum sab ko milkar sochanaa chaahiye ki hamare parivaar ke liye kaun see chidiya Theek rahegee."

Later that morning Jay and Juhi decided to look up different kinds of birds to figure out exactly what kind of bird would fit well in their family. They knew just where to begin. "The encyclopedia!" they shouted. Jay pulled out his electronic encyclopedia from his pocket and typed in "B-I-R-D-S." When Jay opened to the screen about birds, Juhi knew right away which bird she wanted. "A peacock!" exclaimed Juhi full of excitement. "That's it!" agreed Jay. "But how do we know if it's right for our family?" asked Juhi.

"Only one way to find out…" said Jay.

बाद में उसी सुबह, जय और जूही ने निश्चय किया कि वे तरह—तरह की चिड़ियों को देखकर यह पता लगाएंगे कि उनके घर के लिए कौन सी चिड़िया सबसे अच्छी रहेगी। उन्हें मालूम था कि उन्हें अपनी खोज कहाँ से शुरु करनी है। "विश्वकोष" वे खुशी से चिल्लाए। जय अपनी पढ़ाई की मेज के पास गया और उसने अपना विश्वकोष उठाया और उसमें चि—ड़ि—या टाईप किया। जैसे ही जय ने चिड़ियों से सम्बन्धित स्कीन को खोला वैसे ही जूही को मालूम पड़ गया कि उसे किस चिड़िया की तलाश थी। "मोर!" जूही के मुँह से यकायक निकला। "यही तो है वह" जय ने भी कहा। "लेकिन" जूही ने पूछा, "यह हमें कैसे मालूम पड़ेगा कि यही चिड़िया हमारे घर के लिए सबसे ठीक है?"

"अब तो एक ही रास्ता है पता लगाने का…" जय ने कहा।

Baadh mein usee subha, Jay aur Juhi ne nishchay kiya ki ve tharha tharha kee chidiyon ko dekhkar yaha pathaa lagaayenge ki unke ghar ke liye kaun see chidiya sabse achchee rahegee. Unhe maaloom thha ki unhe apanee khoj kahaan se shuru karanee hai. "Vishvakosh" ve khushi se chillaye. Jay apanee padai kee mez ke paas gayaa aur usne apanaa vishvakosh uThaya aur usmein chi-di-yaa type kiyaa. Jaise hee Jay ne chidiyon se sambandith screen ko kholaa vaise hee Juhi ko maaloom pad gayaa ki use kis chidiya kee thalaash thhee. "Mor!" Juhi ke muh se yakaayak nikalaa. "Yahi tho hai vaha" Jay ne bhee kahaa. "Lekin" Juhi ne poochhaa, "yaha hamen kaise maaloom padegaa ki yahee chidiya hamaare ghar ke liye sabse Theek hai."

"Ab tho ek hee raasthaa hai pathaa lagaane kaa…" Jay ne kahaa.

"Soori, Soori with music you know, please take us where we need to go!" they shouted together.

Wait a minute, hold everything! You see, I may have forgotten to mention that Jay and Juhi have a magic flute, named Soori, that takes them anywhere they can imagine. Okay, back to the story…

Juhi lifted Soori from a sparkly purple box and began to play. As she played there was a magnificent flash of light and they were off - encyclopedia in hand.

दोनों बच्चे एक साथ चिल्लाकर बोलेए "सूरी—सूरी, अपने संगीत के द्वारा हमें वहाँ ले चलो जहाँ हम जाना चाहते हैं।"

अरे! ज़रा ठहरो, एक मिनट। मैं शायद यह बताना भूल गयी कि जय और जूही के पास एक जादू की बाँसुरी है जिसका नाम सूरी है, जो अपने जादू से उन्हें उन सभी जगहों पर ले जा सकती है, जिनकी वे कल्पना कर सकते हैं। ठीक हैए अच्छा तो अब हम कहानी को आगे बढ़ाते हैं…

जूही ने सूरी को एक चमकदार बैंगनी डिब्बे से निकाला और उसे बजाने लगी। जैसे ही उसने बजाना शुरु किया एक अद्भुत चमक चौंधी और वे दोनों हाथ में विश्वकोष लिए अचानक गायब हो गए।

Dono bacche ek saath chillaa kar bole, "Soori-Soori, apane sangeet ke dwaraa hamen vahaan le chalo jahaan hum jaanaa chaahate hain."

Are! Zaraa Thaharo, ek minute. Mein shaayad yaha bathaana bhool gayee ki Jay aur Juhi ke paas ek jaadoo kee baansuree hai jiskaa naam Soori hai, jo apane jaadoo se unhe un sabhee jagahon par le jaa sakathi hai, jinkee ve kalpanaa kar sakathe hain. Theek hai, acchaa tho ab hum kahanee ko aage badathe hain…

Juhi ne Soori ko ek chamakdaar bainganee dibbe se nikaalaa aur use bajaane lagee. Jaise hee usne bajaanaa shuru kiyaa ek adhbudh chamak chaundhee aur ve dono haathh mein vishvakosh liye achaanak gaayab ho gaye.

When they arrived, they could hardly believe their eyes. "Where are we?" asked Juhi, putting Soori safely away. "Let me see." Jay looked at his encyclopedia and read. "'One place peacocks are found is India.' I think we are in India," Jay said. Juhi looked around and then agreed. "Yes, India, but where in India?"

"Ring, ring, ring, ring!" "Hey, look out!" a voice behind them called. But it was too late. As Jay and Juhi turned around, a kid on a bike rode in between them - knocking the encyclopedia in Jay's hand straight up into the air and clear out of sight. The bike and the boy on it skidded to the ground.

जब वे वहाँ पहुँचे जहाँ उन्हें जाना था तो उनको अपनी आँखों पर विश्वास नहीं हुआ। तभी जूही बोली "हम कहाँ आ गए?" यह कहते हुए उसने सूरी को संभाल कर रख लिया। "मुझे पता लगाने दो" जय ने कह कर विश्वकोष देखा, उसमें लिखा था कि 'भारत एक ऐसी जगह है जहाँ मोर पाए जाते हैं।' उसे पढ़कर जय ने कहा कि "हम भारत में हैं।" जूही ने भी चारो ओर देखते हुए कहा, "हाँ ठीक है भारत में तो हैं, पर भारत में कहाँ?"

ट्रिंग–ट्रिंग–ट्रिंग–ट्रिंग "अरे संभलो," पीछे से किसी ने आवाज दी परन्तु तब तक बहुत देर हो चुकी थी। जब तक जय और जूही मुड़ कर देखते तब तक एक साइकिल पर सवार बच्चे ने दोनों के बीच से निकलते हुए एक ज़ोर से टक्कर मारी। जय के हाथ से विश्वकोष छूटकर आकाश की ओर उछला और आँखों से ओझल हो गया। साइकिल पर सवार बच्चा धड़ाम से ज़मीन पर गिर पड़ा।

Jab ve vahan pahunche jahan unhe jana thha tho unko apanee aankhon par vishvaas naheen hua. Thabhi Juhi bolee "Hum kahaan aa gaye." Yaha kehathe hue usne Soori ko sambhaal kar rakh liyaa. "Mujhe pathaa lagane do" Jay ne kaha kar vishvakosh dekhaa. Usme likhaa thha ki Bhaarat ek aisi jagahaa hai jahaan mor paaye jaathe hain. Use pad kar Jay ne kahaa ki hum Bharaat mein hain. Juhi ne bhee chaaron or dekhthe hue kahaa, "Haan Theek hai Bhaarat mein tho hain, par Bhaarat mein kahan?"

Tring- tring- tring- tring "Are sambhalo," peechhe se kisee ne aavaaz dee paranthu thab thak bahuth der ho chukee thhe. Jab thak Jay aur Juhi mude kar dekhathe thab thak ek cycle par savaar bacche ne dono ke beech se nikalthe hue ek zor se takkar maari. Jay ke haath se vishvakosh chhootkar aakaash kee or uchhalaa aur aankhon se ojhal ho gayaa. Cycle par savaar baccha Dhadaam se zameen par gir pada.

"Are you okay?" Juhi asked the boy. "Sorry about that," the boy said. "I just learned how to ride a couple of weeks ago." "That's okay. My name is Juhi and this is my brother, Jay." "I'm Nirmal and this is my bike, Green Tiger." "Happy to meet you, Nirmal, and you too, Green Tiger," replied Jay.

"Sorry about your... um...what exactly is that thing?" Nirmal asked. "That is our encyclopedia. It has a lot of information about almost anything!" Juhi explained. "Wow, sounds helpful," said Nirmal. "Let me help you look for it."

"तुम ठीक तो हो?" जूही ने लड़के से पूछा। इस पर लड़का बोला, "माफ़ करना मैंने एक–दो हफ़्ते से ही साइकिल चलानी सीखी है।"

"कोई बात नहीं। मेरा नाम जूही है और यह मेरा भाई जय है।"

"मेरा नाम निर्मल है और यह मेरी साइकिल ग्रीन टाइगर है।"

"तुम दोनों से मिलकर बहुत खुशी हुइ," जय और जूही बोले।

"माफ़ करना पर तुम्हारे हाथ में वह क्या चीज़ थी?" निर्मल ने पूछा। "वह हमारा विश्वकोष है उसमें हर विषय के बारे में ढेर सारी जानकारी है।" जूही ने समझाया। "अरे वाह! यह तो बहुत उपयोगी है," निर्मल ने जवाब दिया और कहा "मैं भी उसे ढूँढने में सहायता करुँगा।"

"Thum Theek tho ho?" Juhi ne ladake se poochha. Is par ladakaa bola, " Maaf karnaa meine ek do hafthe se hee cycle chalaanee seekhee hai."

"Koi baath naheen. Mera naam Juhi hai aur yaha mera bhaai Jay hai."

"Mera naam Nirmal hai aur yah meree cycle Green Tiger hai."

"Tum dono se milkar bahuth khushee huee" Jay aur Juhi bole.

"Maaf karnaa par tumhaare haath mein vaha kyaa cheeze thhee?" Nirmal ne poochhaa. "Vaha hamaaraa vishvakosh hai. Usmen har vishay ke bare mein Dhhair saaree jaankaari hai." Juhi ne samjhhaayaa. "Are vaah! Yaha tho bahuth upyogee hai," Nirmal ne javaab diya aur kahaa, " mein bhhee use Dhoondne mein sahayathaa karungaa."

They started to walk down the street in the direction the encyclopedia had appeared to fly. "You're not from around here, are you?" Nirmal asked. "No, and just to confirm, where is *here*?" asked Jay. "You're in New Delhi, the capital city of India. What brings you here?" Nirmal asked.

"We are on a mission to see peacocks. We want to learn more about them and see if a peacock would be a good pet for our family," Jay said.

———————————

वे सब उस दिशा में चल पड़े, जहाँ विश्वकोष उनकी आँखों के सामने हवा में उड़ गया था। "तुम लोग यहाँ के नही लगते," निर्मल ने कहा। "नहीं, लेकिन यह पता लगाना चाहते हैं कि हम आखिर है कहाँ?" जय ने कहा। "तुम लोग भारत की राजधानी नई दिल्ली में हो, पर तुम्हारे यहाँ आने का कारण क्या है?" निर्मल ने पूछा।

"हम दोनों मोर देखने के अभियान पर निकले हैं और हम उसके बारे में अधिक से अधिक जानकारी प्राप्त करना चाहते हैं। इसके अतिरिक्त यह भी जानना चाहते हैं कि मोर हमारे परिवार के लिए अच्छा पालतू पक्षी साबित होगा या नहीं।"

———————————

Ve sab us dishaa mein chal pade, jahaan vishvakosh unkee ankhon ke samne havaa mein ud gaya thha. "Tum log yahan ke naheen lagaathe ," Nirmal ne kahaa. "Naheen, lekin yaha patha lagaanaa chaahthe hain ki hum aakhir hai kahaan?" Jay ne kahaa. "Tum log Bhaarat kee raajdhhanee Nayee Delhi mein ho, par tumhaare yahaan aane kaa kaaran kyaa hai?" Nirmal ne poochhaa.

"Hum dono mor dekhne ke abhhiyaan par nikale hain aur hum uske baare mein adhik se adhik jaankaaree prapth karnaa chaahthe hain. Is ke athirikth yaha bhhee jaannaa chaahthe hain ki mor hamaare parivaar ke liye achchhaa paalthoo pakshee saabith hogo yaa naheen."

"You came to the right place," Nirmal exclaimed. "I know just the place to look. I'll take you there." Just then Nirmal spotted the encyclopedia, "Jay! Juhi! There it is!"

"I'll park my bike here where it will be safe," said Nirmal, "and we will go together on this adventure." "We'll need a ride," continued Nirmal. "Come on, there's a rickshaw." It was a bumpy ride, but lots of fun. They heard honking horns and busy street sounds. "How exciting!" Juhi exclaimed. "Here we are," said Nirmal, "The Red Fort."

"वाह! क्या बात है। तुम सही स्थान पर पहुँचे हो। मुझे वह जगह मालूम है जहाँ तुम जाना चाहते हो और मैं तुम्हें वहाँ ले जाऊँगा।" तभी निर्मल की नज़र विश्वकोष पर पड़ी और उसने जय और जूही से कहा, "विश्वकोष यहाँ है।"

"मैं ज़रा अपनी साइकिल एक सुरक्षित स्थान पर रख आऊँ, फिर हम सब मिलकर इस अभियान पर साथ–साथ चलेंगे। हमें सवारी की ज़रुरत पड़ेगी, आओ यहाँ एक रिक्शा भी है," निर्मल बोला। तीनों रिक्शे पर चल पड़े। रास्ता ऊबड़–खाबड़ था और हिचकोले लग रहें थे साथ में भीड़–भाड़ और गाड़ियों का शोरगुल। लेकिन बच्चों को बड़ा मज़ा आ रहा था। जूही ने खुशी से चिल्ला कर कहा, "कितना अच्छा लग रहा है।" निर्मल बोला, "अब हम लाल किला पहुँच गए हैं।"

"Vaah! Kyaa bath hai. Tum sahee sthhaan par pahunche ho. Mujhe vaha jagah maaloom hai jahaan tum jaanaa chaahthe ho aur mein tumhe vahaan le jaaungaa." Thabhhee Nirmal kee nazar vishvakosh par padi aur usne Jay aur Juhi se kahaa, "Vishvakosh yahaan hai."

"Mein zaraa apnee cycle ek surakshith sthhaan par rakhh aaoon, phir hum sab milkar is abhhiyaan par saathh saathh challenge. Humen savaari kee zarurath padegee, aao yahan ek rikshaa bhee hai." Nirmal bolaa. Theeno rikshe par chal pade. Raasthaa oobad khhaabad thhaa aur hichkole lag rahe thhe saathh mein bhheed bhhaad aur gaadiyon kaa shorgul. Lekin bachchon ko badaa mazaa aa rahaa thhaa. Juhi ne khushee se chillaa kar kahaa, "Kithnaa acchhaa lag rahaa hai." Nirmal bola, " Ab hum Laal Kilaa pahunch gaye hain."

"The Red Fort? What is this place?" Jay asked. "It looks like a Palace," said Juhi. "It is!" explained Nirmal. "A great emperor, Shah Jahan, built it over 300 years ago. In fact, the famous Peacock Throne was located in one of the buildings here in the Red Fort! So when you said you were looking for peacocks, I thought this would be the perfect place! Unfortunately, the Peacock Throne was stolen during a war over 200 years ago and later destroyed!" "So if it was destroyed over 200 years ago, how do you still know about it today?" Juhi questioned.

"You see," said Nirmal, "it was so magnificent that people wrote about it and told the story of the Peacock Throne to their children who then told it to their children. The story was passed down from generation to generation."

"लाल किला यह कौन सी जगह है?" जय ने पूछा। जूही ने कहा, "यह तो महल की तरह दिखता है।" "बिलकुल ठीक," निर्मल ने कहा। "इसको एक महान शहंशाह शाहजहाँ ने तीन सौ साल पहले बनवाया था। इनमें से एक इमारत में मशहूर तख्त–ए–ताऊस (मयूर–सिंहासन) रखा गया था। इसलिए जब तुमने कहा कि तुम मोरों की खोज कर रहे हो तो मैंने सोचा इससे उपयुक्त जगह नहीं हो सकती। दुर्भाग्यवश! यह तख्त दो सौ साल पहले एक युद्ध के दौरान लूट लिया गया था फिर बाद में यह नष्ट हो गया," निर्मल ने बताया। "लेकिन अगर यह दो सौ साल पहले नष्ट हो गया था तो तुम आज यह कैसे कह सकते हो कि वह असली था। या सचमुच कोई तख्त–ए–ताऊस नाम का सिंहासन था भी या नहीं?" जूही ने सवाल किया।

"अरे मेरी बात तो सुनो," निर्मल ने कहा। "वह इतना आलीशान था कि लोगों ने उसके बारे में लिखा और इस तख्त–ए–ताऊस की कहानी अपने बच्चों को सुनायी और यही कहानी उनके बच्चों ने भी दोहराई। इस प्रकार एक पीढ़ी से दूसरी पीढ़ी तक और उस पीढ़ी से आज तक यह कहानी चलती चली आ रही है।"

"Laal Kilaa, yaha kaun see jagah hai?" Jay ne poochha. Juhi ne kahaa, " Yaha tho mahal kee tharha dikhhthaa hai." "Bilkul Theek," Nirmal ne kahaa. "Isko ek mahaan Shahnshaah Shahjahan ne theen sau saal pahle banavaayaa thhaa. Inmein se ek imaarath mein mashoor thakh-the-thaaus (mayoor singhaasan) rakkhha gayaa thhaa. Is liye jab tumne kahaa ki tum moron kee khhoj kar rahe ho tho meine sochaa isse upyukth jagah naheen ho sakathee. Durbhhagyavah! Yaha thakhth do sau saal pahale ek yudhh ke dauraan loot liyaa gayaa thha. Phir baad mein yaha nasht ho gaya." Nirmal ne bathaayaa. "Lekin agar yaha do sau saal pahale nasht ho gaya thha tho thum aaj yaha kaise kaha sakthe hoe ki vaha aslee thhaa, yaa sachmuch koee thakh-the-thaaus naam ka singhaasan thhaa bhhee ke naaheen." Juhi ne savaal kiyaa.

"Are meree baath tho suno," Nirmal ne kahaa. "Vaha ithnaa aaleeshaan thhaa ki logonne uske baare mein likhhaa aur is thakh-the-thaaus kee kahaanee apne bachchon ko sunayee aur yahi kahaanee unke bachchon ne bhhee doharaaee. Is prakaar ek peedhee se doosaree peedhee thak aur us peedhee se aaj thak yaha kahaanee chalthee chalee aa rahee hai."

"What did it look like?" Juhi asked. "I bet it was beautiful." "The Peacock Throne was made out of pure gold and decorated with precious jewels like diamonds, sapphires, rubies, emeralds and pearls," explained Nirmal. "And on top of each pillar were peacocks carved in gold and decorated with jewels." "I can picture it now," said Jay with his eyes full of wonder.

Jay backed up a little to take in the view and to imagine what Shah Jahan must have seen while sitting on his magnificent golden Peacock Throne. When all of a sudden, "Look, over there!" Nirmal shouted, "It's a peacock!" "Wow," said Juhi. "Let's go take a closer look!"

"वह तख्त देखने में कैसा लगता था? मैं यकीन से कह सकती हूँ कि वह बहुत सुन्दर होगा।" जूही ने कहा। "वह तख्त—ए—ताऊस असली सोने का बना हुआ था और उसमें हीरे, मोती, पन्ना, नीलम और माणिक जैसे कीमती रत्न जड़े हुए थे। हर खम्बे के ऊपर रत्नों से जड़े सोने के मोर बने थे।" निर्मल ने जवाब दिया। जय आश्चर्य चकित हो गया और बोला, "हाँ मैं अब इस सबकी कल्पना कर सकता हूँ।"

जय इस नज़ारे का आनन्द लेने के लिए एक पल रुका और कल्पना करने लगा कि इस आलीशान सोने के तख्त पर बैठकर शाहजहाँ क्या देखता होगा। तभी अचानक... "उधर देखो! एक मोर है" निर्मल खुशी से बोला। उसे देखकर जूही के मुख से वाह! निकली और वह बोली "चलो और पास से देखें।"

"Vaha thakhth dekhane mein kaisaa lagathaa thhaa? Mein yakeen se kaha sakthee hoon ki vaha bahuth sundar hogaa." Juhi ne kahaa. "Vaha thakh-the-thaaus aslee sone kaa banaa huaa thhaa aur usmein heere, motee, pannaa, neelam, aur maanik jaise keemthee rathan jade hue thhe. Har khhambe ke oopar rathno se jade son eke mor bane thhe." Nirmal ne javaab diya. Jay aashcharya chaakith ho gaya aur bola, "Haan mein ab is sab kee kalpanaa sakthaa hoon."

Jay is nazaare kaa aanand lene ke liye ek pal rukaa aur kalpanaa karne lagaa ki es aaleeshaan sone ke thakh par baith kar Shahjahan kyaa dekhthaa hogaa. Thabhhee achaanak… "Udhar dekhho! Ek mor hai" Nirmal khushee se bolaa. Use dekhkar Juhi ke mukhh se vaah nikalee aur vaha bolee, "Chalo aur paas se dekhhen."

They slowly walked closer as they did not want to scare the peacock away. It was drinking water from a puddle. "I thought peacocks had long colorful feathers - where are they?" Juhi asked. "Let me look that up!" Jay replied. He took out his encyclopedia. "Well Juhi, it looks like only the male peacocks have colorful feathers, the female peacocks have brown feathers." Jay continued, "Male peacocks have about 150 long brightly colored feathers."

"Wow that is a lot of feathers on one peacock! Let's look at the tail," Juhi said as she walked even closer toward the peacock. "I do see some colorful feathers, but they are hard to see clearly when the peacock's tail is not up," commented Nirmal.

वे आहिस्ता–आहिस्ता मोर के पास गए ताकि कहीं वह डर कर भाग न जाए। वह गड्ढे से पानी पी रहा था। "मैं तो समझती थी मोर के रंग–बिरंगे लम्बे पंख होते हैं। कहाँ हैं वे?" जूही ने पूछा। "मुझे देखने दो" जय ने जवाब दिया और फिर वह अपना विश्वकोष देखने लगा। "जूही, मेरे विचार से केवल नर मोर के रंग–बिरंगे लम्बे पंख होते हैं और मादा मोर के भूरे रंग के पंख होते हैं। नर मोर के लगभग एक सौ पचास (१५०) लम्बे पंख होते हैं।"

"वाह! इतने सारे पंख एक मोर के," मोर के निकट जाते हुए जूही बोली। निर्मल बोला, "मुझे कुछ रंगीन पंख दिखाई दे रहे हैं लेकिन इनको साफ–साफ देखना कठिन होता है अगर मोर की पूँछ ऊपर न हो।"

Ve aahisthaa aahisthaa mor ke paas gaye thaakee kaheen vaha dar kar bhhaag ne jaaye. Vaha gaddhe se paanee pee rahaa thhaa. "Mein tho samajh thee thhee mor ke rang- birange lambe pankh hothe hain. Kahaan hain ve?" Juhi ne poochha. "Mujhe dekhne do" Jay ne javaab diya aur phir vaha apnaa vishvakosh dekhne lagaa. "Juhi, mere vichaar se keval nar mor ke rang birange lambe pankhh hothe hain aur maadaa mor ke bhhure rang ke pankhh hothe hain. Nar mor ke lagbhhag ek sau pachaas (150) lambe pankhh hothe hain."

"Vaah! Ithne saare pankhh ek mor ke!" Mor ke nikat jaathe hue Juhi bolee. Nirmal bolaa, "Mujhe kuchh rangeen pankhh dikhayee de rahen hain lekin inko saaf saaf dekhnaa kaThin hothaa hai agar mor kee poonchh oopar na ho."

Suddenly they heard thunder. Jay, Juhi and Nirmal looked up into the sky to see if it looked like it was going to rain. When they looked down they saw the peacock's tail feathers fanned out and up…beautiful, colorful and strong! They watched in wonder as the peacock slowly walked around them. It seemed like the peacock was giving them their own private parade. "Look at all those beautiful long feathers!" Juhi exclaimed. "And look, they have a special design on the tips shaped like eyes." Jay, Juhi and Nirmal were in awe of this magnificent bird!

"I can see why it is the national bird of India," said Juhi. "Its colors glisten with a deep richness. It is proud with an almost magical beauty."

अचानक बादलों की गड़गड़ाहट सुनाई पड़ी। जय, जूही और निर्मल ने आकाश की ओर देखा यह जानने के लिए कि क्या वर्षा होने वाली है। जब उन्होंने नीचे देखा तो मोर एक सुन्दर, रंग–बिरंगे और मजबूत पंखे के समान अपने पंखों को फैलाए खड़ा था। वे आश्चर्य से धीरे धीरे मोर को अपने इर्द–गिर्द घूमते देखने लगे। ऐसा लग रहा था मानो उनके स्वागत में मोर परेड कर रहा हो। जूही खुशी से चिल्ला कर बोलीए "इसके लम्बे सुन्दर पंखों को देखो। इसके पंखों के किनारे पर आँख जैसे आकार बने हैं।" जय और जूही इस शानदार चिड़िया की सुन्दरता पर मोहित हो गए।

जूही आश्चर्य से बोली, "अब मैं भली भांति समझ गई हूँ क्यों मोर भारत का राष्ट्रीय पक्षी है। इसके सुन्दर पंखों में जादूभरा सौन्दर्य है जिस पर उसको नाज़ है।"

Achaanak baadalon kee gadgadaahat sunaee padee. Jay, Juhi aur Nirmal ne aakaash kee or dekhhaa yaha janane ke liye ki kya varshaa hone vaalee hai. Jab unhone neeche dekhha tho mor ek sundar, rang-birange aur mazbooth pankhhe ki samaan apane pankhhon ko failaaye khhada thhaa. Ve aashcharya se Dheere Dheere mor ko apne ird-gird ghoomthe dekhhne lage. Esaa lag raha thhaa maano unke swaagath mein mor parade kar raha ho. Juhi khhushee se chillaa kar bole, "Iske lambe sundar pankhhon ko dekhho. Iske pankkhon ke kinaare par aankhh jaise aakaar bane hain." Jay aur Juhi is shaandaar chidiya kee sundarthaa par mohith ho gaye.

Juhi aashcharya se bolee, "Ab mein bhalee bhanthi samajh gayee hoon kyon mor Bhaarath kaa rashtriya pakshee hai. Iske sundar pankhho mein jaadoobharaa saundarya hai jis par usko naaz hai."

"That is why Shah Jahan chose to decorate his throne with images of peacocks. They look royal and the beauty of their feathers is matchless," said Nirmal. "The feathers are shiny blue and green in color. They almost look wet!" noticed Juhi. "They glimmer in the light," said Jay.

"Boom, Boom!" Another loud sound of thunder shook the air around them. The peacock looked at them one last time and began to walk away. Jay, Juhi and Nirmal smiled as the bird walked away. They felt happy that they had the chance to see a peacock close up - to see its magnificent long feathers fully extended and observe its proud beauty.

"अब तुम समझ गए होगे कि क्यों शहंशाह शाहजहाँ ने मोरों के डिज़ाइन से अपने सिंहासन को सजाना पसंद किया। मोर राजसी लगते हैं और उनके पंखों की सुन्दरता बेमिसाल है।" निर्मल ने कहा। "इनके पंख चमकदार नीले और हरे रंग के हैं और वे नम से दिखते है" जूही ने गौर किया। "वे रोशनी में बहुत चमकते हैं।" जय बोला।

बूम! बूम! एक बार फिर से आकाश में ज़ोरदार बादलों की गड़गड़ाहट हुई। मोर ने बादलों की ओर आखिरी बार देखा और फिर वहाँ से चल पड़ा। जय, जूही और निर्मल ने मुस्कुराते हुए इस पक्षी को जाते हुए देखा। वे बहुत ही खुश थे कि उन्होंने एक मोर, उसके पूरे फैले हुए पंखों और गर्वीले सौन्दर्य को इतने पास से देखा।

"Ab thum samajh gaye hoge ki kyon Shahnshaah Shahjahan ne moron ke design se apne singhaasan ko sajaanaa pasand kiyaa. Mor raajsee lagthe hain aur unke pankkhon kee sundarthaa bemisaal hai." Nirmal ne kahaa. "Inke pankhh chamakdaar neele aur hare rang ke hain aur ve nam se dekhhthe hain," Juhi ne gaur kiyaa. "Ve roshni mein bahuth chamakthe hain." Jay bolaa.

Boom! Boom! Ek baar phir se aakaash mein zordaar baadalon kee gadgdoohat huee. Mor ne baadalon kee aur aakhiree baar dekhha aur phir vahaan se chal padaa. Jay, Juhi aur Nirmal ne muskuraathe hue is pakshee ko jaathe hue dekhhaa. Ve bahuth he khhush thhe ki unhone ek mor, uske poore failaaye hue paankhhon aur garveele saundarya ko ithane paas se dekhhaa.

"Look, over there!" said Jay. "It's one of his feathers. He must have left it behind for us!"

"It's beautiful," Juhi remarked. "The peacock is a great bird, but would not be a good pet. Peacocks should be free to wander and share their grandeur for all to see!" exclaimed Juhi. Jay and Nirmal agreed.

"It looks like it will rain soon," said Nirmal, "we had better get back."

"वहाँ देखो! उसका एक पंख पड़ा है, जो वह शायद हमारे लिए छोड़ गया है," जूही बोली।

"मोर एक शानदार पक्षी है परन्तु एक पालतू पक्षी के रुप में अच्छा साबित न होगा। उनको स्वतन्त्र घूमने के लिए छोड़ देना चाहिए जिससे सभी उनकी शान और सौन्दर्य को देखकर आनन्दित हों।" जूही बोली। जय और निर्मल भी उससे सहमत थे।

"ऐसा लगता है जल्दी बारिश होगी, बेहतर होगा अब हम लौट चलें," निर्मल बोला।

"Vahaan dekhho! Uskaa ek pankhh padaa hai jo vaha shaayad hamaaree liye chhod gayaa hai," Juhi bolee.

"Mor ke shandaar pakshee hai paranthu ek paalthoo pakshee ke roop mein achhaa saabith na hogaa. Unko swathanthra ghoom ne ke liye chhod denaa chaahiye jis se sabhee unkee shaan aur saundarya ko dekhhkar aanandith hon." Juhi bolee. Jay aur Nirmal bhee usase sahamath thhe.

"Aisaa lagathaa hai jaldee baarish hogee. Behathar hogaa ab hum laut chalen," Nirmal bolaa.

They took a rickshaw back to where Nirmal had parked his bike, Green Tiger. "Thanks for the great adventure Nirmal!" said Jay and Juhi.

"You are very welcome! Come back anytime, there are many more adventures to have and even some mysteries to solve!" Nirmal told them. "I'm sure we'll be back, goodbye for now!" Jay and Juhi were ready to go home. They knew their mom and dad would be waiting for them, it must be dinnertime by now!

उन्होंने एक रिक्शा लिया और उस तरफ चल दिए जहाँ निर्मल ने ग्रीन टाइगर साइकिल रखी थी। "बहुत–बहुत धन्यवाद इस ज़बरदस्त अभियान के लिए।" जय और जूही हर्ष से बोले।

इस पर निर्मल ने कहा "तुम्हारा स्वागत है तुम दोनों जब चाहो मेरे पास आ सकते हो। कई और अभियान करने हैं और बहुत से रहस्यों को सुलझाना है।" "अलविदा हम ज़रुर वापस आएंगे।" जय और जूही ने कहा और वे दोनों अपने घर की ओर वापस चल पड़े। वे जानते थे कि उनके पापा और मम्मी रात के खाने पर उनका इंतजार कर रहे होंगे।

Unhone ek rikshaa leeya aur us tharaf chal diye jahaan Nirmal ne Green Tiger cycle rakhhee thhee. "Bahuth - bahuth dhanyavaad is zabardasth abhiyaan ke liye." Jay aur Juhi harsh se bole.

Is par Nirmal ne kahaa,"Thumhaaraa swaagath hai, thum dono jab chaaho mere paas aa sakthe ho. Kyee aur abhiyaan karne hain aur bahuth se rahasyon ko suljhaanaa hai." "Alvidaa! Hum zaroor vaapas aayenge." Jay aur Juhi ne kahaa aur ve dono apane ghar kee or vaapas chal pade. Ve jaanthe thhe ki unke papa aur mummy raath ke khaane par unkaa inthezaar kar rahen hon ge.

Juhi lifted the magic flute from her pocket. They called out together, "Soori, Soori with music you know, please take us where we need to go!" Juhi began to play a happy song. In a magnificent flash of light, they went home. That night during dinner Jay and Juhi's mom asked them a very important question. "Have you thought of a pet that would be a good fit for our family?"

"Not yet, Mommy," they replied. Jay and Juhi looked at each other and smiled, thinking of the fun adventure they had that day.

जूही ने बाँसुरी अपनी जेब से निकाली, वे दोनों एक साथ बोल पड़े "सूरी—सूरी संगीत के द्वारा तुम हमें वहाँ ले चलो जहाँ हम जाना चाहते हैं।" जूही ने एक खुशी भरी धुन बजाई। पल भर में एक अद्भुत चमक के साथ वे घर के लिए रवाना हो गए। उस रात खाने पर जय और जूही की मम्मी ने उनसे एक आवश्यक सवाल पूछा, "क्या तुमने सोचा कि कौन सा पालतू पक्षी हमारे घर के लिए उपयुक्त रहेगा।"

"मम्मी, अभी तक नहीं" उनका जवाब था। जय और जूही ने एक दूसरे को देखा और दिन भर के मज़ेदार अभियान के बारे में सोचते हुए मुस्कुरा दिए।

Juhi ne baansuree apnee jeb se nikaalee, ve dono ek saathh bol pade, "Soori Soori sangeeth ke dwaara Thum hamen vahaan le chaalo jahaan hum jaanaa chaahthe hai." Juhi ne ek khushee bharee dhun bajaayee. Pal bhhar mein ek adbhhud chamak ke saathh ve ghar ke liyee ravaana ho gaye. Us raath khhaane par Jay aur Juhi kee mummy ne unse ik aavashyak savaal poochhaa, "Kyaa thumne sochaa ki kaun sa paalthoo pakshee hamaare ghar ke liye upukth rahegaa?"

"Mummy, abhi thak nahin." Unkaa javaab thhaa. Jay aur Juhi ne ek doosare ko dekhhaa aur din bhar ke mazedaar abhiyaan ke baare mein sochthe hue muskura diye.

The End ● समाप्त ● *Samaapth*